LE MUSÉE DE LILLE

LE
MUSÉE DE LILLE

LE

MUSÉE DE LILLE

PREMIÈRE SÉRIE

TYPOGRAPHIE A. MASSART

LILLE

1881

S'ensuit l'humble dédicace
D'un Auteur dans l'embarras
Qui, dans un dizain-préface,
Vous expose en bref le cas
Qui l'importune et l'agace.

Pour complaire à mon Imprimeur
Et remplir la tâche imposée,
Ami, je t'offre la primeur
De mon fantastique Musée,
Fruit d'une Muse en belle humeur ;

Puis, comme il reste un bout de page,
Et qu'un blanc là serait fort laid,
Pour rendre le dizain complet,
Accepte en plus le témoignage,
Bénin lecteur, de mon respect.

Jules LIBER

I

HÉROS, TUEUR DE MONSTRE

Napoleon Maillart

Héros, tueur de monstre, ainsi Maillart t'appelle,
Guerrier au cœur farouche, aussi dur qu'un rocher,
Que les bras suppliants de la jeune Immortelle,
Ses charmes, ne sauraient émouvoir ni toucher.

Mais le monstre c'est toi, gendarme sans cervelle !
A ses flancs amoureux tu devrais t'attacher,
La couvrir de baisers, mais non, ta main cruelle,
S'apprête à l'immoler, va, tu n'es qu'un boucher !

Ainsi la Liberté, vierge pure et féconde,
Périt sous le couteau d'un ravisseur immonde,
Qui n'avait de César que le masque emprunté ;

Qui d'orgie en orgie ouvrit le précipice,
Où s'engloutit la France en proie à son caprice,
Après vingt ans de gloire et de prospérité ?

II

TRIOMPHE DE SILÈNE

Gérard Honthorst

J'ai toujours admiré sans l'imiter, Silène,
Nourricier de Bacchus ; sur un âne monté,
Il montre sans vergogne une panse bien pleine,
Un rubicond visage où fleurit la santé.

Une nymphe est auprès, criant à perdre haleine :
Io Liber, évoé ! le son répercuté,
Réveille la Ménade ; et le bouc de la plaine
Se mêle à l'Egipan, au Satyre effronté.

Et tous suivent Silène, ami des bons ivrognes,
Qu'Honthorst, le grand artiste, a peint tout de son mieux,
Que des buveurs d'eau seuls trouveront trop joyeux.

Mais nous tous ses suppôts, fiers de nos rouges trognes,
Exaltons et vantons son tableau merveilleux,
Qui parmi vingt chefs-d'œuvre attire tous les yeux.

III

PUTIPHAR

Lionel Spada

Salut, ô Putiphar ! femme au regard céleste,
Nous montrant tes appas tentateurs et le reste,
Que Joseph, vrai nigaud, ose bien dédaigner,
Et qu'à sa place ici je voudrais empoigner !

Et c'est pour un tel fât que tu te rends parjure ?
Ah ! ragraffe ta robe et remets ta ceinture ;
On l'a trop circoncis et le sot : qu'en dis-tu ?
Te laisse son manteau, gage de sa vertu.

Veux-tu le mien, charmante, ainsi que ma culotte ?
Je les dois au tailleur, même en voici la note,
Hé bien ! je te les donne avec ce louis d'or,

Pour que le soir venu, tu m'ouvres, ô cocotte !
Et je te trousserai si bien chemise et cotte,
Que tu me rendras tout pour en avoir encor.

I V

SOUCHON

A. Colas

Dis-moi pourquoi, Souchon, par quel caprice étrange,
En caban de travail t'avoir portraituré,
Quand ton bel habit noir par les mites se mange,
Dans un coffre enfoui, de camphre saupoudré ?

L'avais-tu mis au clou, peintre de la Fontange,
De Diane et de Joconde, ô maître vénéré !
Ou bien, pour un élève, au marché fait l'échange,
Contre une houppelande au collet mordoré ?

Car tu fus généreux, bon jusqu'à la sottise,
Tu n'avais rien à toi, qui ne fût aux amis,
Aussi dépassaient-ils la mesure permise.

L'un t'empruntait cent francs, car l'emprunt est de mise,
Mais ne les rendait pas, un autre tes habits,
Si bien que tu mourus, à la fin, sans chemise.

V

MARIE MADELEINE
Lambert Zustris

Au milieu d'un jardin, comme au cordeau tiré,
Madeleine est aux pieds de Jésus qui lui donne,
De paternels conseils : si la semence est bonne,
Son âme est un terrain riche et bien préparé.

Aux enfants d'Israël quand la chaste personne,
Vendait au plus offrant son amour enfiévré,
L'on sait bien que gratis, au prophète inspiré,
Elle donnait son cœur, cette autre Babylone.

Quand Zustris la peignit il avait sous les yeux
Un modèle charmant, bien en chair, gracieux,
Qu'Apelles eut cherché vainement dans la Grèce ;

Si l'artiste l'aimait, l'histoire n'en dit rien,
Mais je sais qu'aujourd'hui dans ce siècle chrétien,
Nos dévots, sans scrupule, en feraient leur maîtresse.

VI

LE ROI BOIT!

ATTRIBUÉ A JORDAENS

Décrochez ce Jordaens, qui n'a rien d'authentique,
C'est trivial, c'est plat, c'est grotesque, c'est laid,
Propre et tout au plus bon à parer la boutique
De quelque savetier, parent de Pipelet.

Hé bien! c'est le *Roi boit!* quoi ce pochard cynique,
Avec la gueule ouverte à mettre un pain mollet,
Et ces quatre estaffiers au nez couleur de brique,
Débraillés et beuglants, tendant leur gobelet?

Alexandre, entre nous, puisqu'ainsi l'on te nomme,
Tu fus de ton vivant, bon journaliste, en somme,
Chéri du sexe faible et des lecteurs surtout;

Quoiqu'à l'*Echo du Nord* on te tienne un grand homme,
L'es-tu, ne l'es-tu pas? quant à moi c'est tout comme,
Mais en peinture, ami, tu n'avais pas grand goût.

VII

SUZANNE AU BAIN

DU MÊME

Si le *Roi boit* est laid, la Suzanne est atroce :
C'est là, vous m'avouerez, un dégoûtant tableau ;
Et, si Jordaens l'a peint, ce n'est pas à la brosse,
Mais avec un balai de bel et bon bouleau.

De six mois, pour le moins, l'héroïne était grosse,
Et jamais le savon n'avait touché sa peau
Jusqu'au jour où les vieux, dans leur amour féroce,
La surprirent au bain, sans voile ni drapeau.

Le cadre est rococo, mais la toile encor bonne,
Pourrait en un besoin, servir de paravent,
Soit dit sans offenser le bon Dieu ni personne ;

Et puis c'est un cadeau : béni celui qui donne !
Et dans le bric-à-brac on est trompé souvent,
Mais pour un connaisseur, morbleu ! cela m'étonne !

VIII

L'HERMAPHRODITE

MILHOMME, d'après l'Antique

Quel est ce marbre rare au grand jour exposé,
L'œuvre de Phidias ou bien de Praxitèle ?
Et quelle est la déesse ou l'aimable mortelle
Qui pour l'artiste grec, sans peplum, a posé ?

Que sa croupe est charmante et que sa gorge est belle !
On dirait un lutteur de plaisir épuisé
Qui sommeille vaincu pour avoir trop osé,
Tant sa pose alanguie est calme, naturelle.

Cependant c'est l'Hermès, l'hermaphrodite impur,
Ou plutôt Salmacis la naïade hystérique,
Qui du sexe viril a la marque authentique ;

Que le gardien, prudent, tourna contre le mur,
De peur que quelque fol, épris de l'art antique,
N'imita Germiny dans sa fureur lubrique.

IX

★ ★ ★

ANONYME

Comme il est ressemblant ! c'est Prudhomme en personne,
Avec son air futé, ses rares cheveux gris,
La bouche souriante et le front qui rayonne,
Sur son socle faisant pendant à Charles dix.

Le sculpteur, quel qu'il soit, de Lille ou de Charonne,
S'en est très-bien tiré : pour moi, sans parti pris,
Je dis qu'une statue était mieux, mais je donne
L'avis pour ce qu'il vaut, car ce buste a son prix.

Ses héritiers en ont fait hommage au Musée,
Et cette faveur là qui l'aurait refusée
A des enfants si bons, si gentils, si pieux ?

— Puis l'art est difficile et la critique aisée —
Prudhomme fut pour eux la cornue embrasée
Qui tirait du plomb vil l'or et l'argent, ses Dieux

X

LE HAREM

BENJAMIN CONSTANT

Constant, mon Benjamin, j'admire ton sérail,
Ton odalisque maure avec ses dents d'émail,
Ta grecque au front rêveur, à la taille cambrée,

Le ton est un peu crû, mais ce n'est qu'un détail ;
Et comme un loup je rôde à l'entour du bercail,
Malgré l'eunuque noir qui garde la chambrée ;

Et tout bas je me dis : de votre bouche ambrée
Pourtant je baiserais le velours, le corail,
Si j'étais musulman, jeune et gentil bétail !

Mais dut Veuillot se mettre en ses colères bleues,
— Je m'en soucie autant que d'une gousse d'ail —
S'il faut être pacha, je veux l'être à trois queues,
Et le jour même, ami, je me mets au travail.

XI
Mme LIÉNARD

JEAN VOILLES

De toutes la plus belle,
Savez-vous bien laquelle ?
C'est madame Liénard :
Des autres, pas un liard.

XII
LES TROIS GRACES

D'APRÈS RUBENS

J'en excepte pourtant de Rubens les trois Grâces,
Qui nous montrent des dos et des reins ravissants,
Bien qu'entre nous soit dit, je les trouve un peu grasses,
Et que la plus mignonne ait dû peser trois cents.

XIII
NAISSANCE DE VÉNUS

A. DUVAL

Puis d'Amaury Duval la Vénus est charmante,
Un peu grêle de torse et pas assez d'appas ;
Mais c'est de la peinture à ce qu'on dit savante,
Et tirée au cordeau, mesurée au compas,
De l'Ingres pur — possible : elle ne me plaît pas.

XIV

BUSTE

TH. BRA

Découvrez-vous, Lillois, saluez X... (de Brive),
Qui vous montre comment de nos jours on arrive :
Riche et considéré, décoré, fallait voir !
Pour maxime il avait que vouloir c'est pouvoir.

XV

FAIDHERBE

CRAUCK

Quel est ce général au front large et superbe ?
— Le vainqueur de Bapaume, autrement dit, Faidherbe.

XVI

L'HOMME ENDORMI

C. DURAN

Portrait brossé, traité, d'une façon bien large ;
Mais lui ressemble-t-il ? — Assez bien pour sa charge.

XVII

ÈVE

ALLAR

Telle Vesper au ciel brille resplendissante,
Telle l'Eve d'Allar apparaît ravissante,
Sans voile et dans l'éclat de sa chaste beauté,

Telle que dans l'Eden on la vit, innocente,
De notre père Adam, compagne obéissante,
Adorer du Seigneur la gloire, la bonté ;

Mais Satan, le malin, lui présente la pomme :
Pour la forme elle hésite et lui tendant la main,
La prend et la croque soudain ;

Et du coup, maître Adam, déjà le premier homme,
Fut le premier cornard aussi du genre humain :
Pour lui double honneur et tout gain.

XVIII

MARQUISE DE B...

STEUBEN

Bonjour, madame la Marquise !
Permettez qu'on vous dise
Quoi vous aussi,
Pendue ici ?
— Dans une mise,
Du reste exquise —

Rivalisant avec Feydeau,
La Dame au chien, dit l'écriteau ;
Mais c'est sottise,
O Cydalise,
Car le turban qui vous sert de chapeau
Gâterait tout, même un meilleur tableau.

XIX

JEUNES ET VIEILLES

GOYA Y LUCIENTES

Deux tableaux, selon moi, dignes d'un corridor,
Ce sont bien les Goya payés à leur poids d'or,
— Non pas, de vrais bijoux — Trève de raillerie,
Ou bien l'orfèvre au diable et son orfèvrerie !

XX

EXTASE DE Ste-THÉRÈSE

L.-O. MERSON

Luc Olivier Merson de ta Sainte en extase,
J'admire le dessin très correct et le ton,
Quelque peu plat, c'est vrai, sous le jour qui l'écrase ;
Mais ce ton gris m'enchante et pour moi c'est le bon.

Ton Christ, de son côté, plein du feu qui l'embrase,
Oubliant un moment qu'il est de pur laiton,
S'anime, étend un bras et murmure une phrase,
Que Thérèse comprend car c'est du bas-breton.

C'est déjà fort, très fort : mais que dire de l'Ange,
Jouant du violon, le plus drôle des trois,
Mal blanchis et gênés dans leurs fourreaux étroits ?

Sinon qu'ici l'absurde est doublé de l'étrange,
Et qu'au lieu d'un chef-d'œuvre on s'est trompé je crois :
Mais chez les Quinze-Vingts, les borgnes sont des rois.

ÉPILOGUE

Arrête-toi, Poëte, et reprends ton haleine,
Pour nous chanter plus tard, quand tu seras en voix,
Les travaux de Baudry, d'Ingres, de Delacroix,
De Corot, de Troyon, qui restent par centaine
A décrire, attendant ton loisir et ton choix :
Ta muse de lauriers pour eux à la main pleine,
On le sait, mais changeant en clairon ton hautbois,
Sonne bien haut leur gloire et leur grandeur sereine ;
Poursuis les Philistins, mets leur clique aux abois,
Poëte, c'est ton rôle et fais ce que tu dois.

TABLE DE LA 1re SÉRIE